L'AVEUGLE CLAIR-VOYANT.

COMEDIE.

Par Mr Legrand Comédien du Roy.

Le prix est de 20 sols.

A PARIS,

Chez Pierre Ribou, Quay des Augustins, à la descente du Pont-Neuf, à l'Image Saint Loüis.

M. DCC. XVI.

Avec Approbation, & Permission.

ACTEURS.

DAMON, Officier de Marine, Aveugle Clair-Voyant.

LEONOR, jeune veuve, promise à Damon.

La vieille LEONOR, Tante de Léonor, amoureuse de Damon.

LEANDRE, neveu de Damon, Amant de Leonor.

LEMPESE', Médecin, amoureux de Léonor.

LISETTE, suivante de Léonor.

MARIN, valet de Damon.

UN NOTAIRE.

La Scene est à Paris dans la Maison de Damon.

L'AVEUGLE CLAIR-VOYANT.

COMEDIE.

SCENE PREMIERE.

LEONOR, LISETTE.

LISETTE.

H bien, Madame, à quoy vous déter-
minez-vous ?
On va voir arriver vôtre futur époux.
Damon revient enfin aprés deux ans
d'absence.

LEONOR.

Fatal retour. O ciel ! je fremis quand j'y pense.
Lisette, dans l'état où l'a mis son destin,
Pourray-je me résoudre à luy donner la main ?

LISETTE.

Comment vous en deffendre ? Un dédit vous en-
gage ,
Il l'exigea de vous , avant ce long voyage,
Et que vous logeriez icy dans sa maison,
Nous y vinsmes alors toutes deux sans façon,

A

Contant ce mariage une chofe certaine,
A prefent fon retour vous allarme & vous gêne?
            LEONOR.
Helas! lorfqu'à Damon, je donnay mon aveu,
Je n'avois jamais vû Leandre fon neveu.
            LISETTE.
Que je m'en doutois bien? Voilà donc l'en-
            cloüeure;
Leandre, je l'avoüe, eft d'aimable figure,
Mais il n'a pas le double & fans l'oncle, ma foy,
Ce neveu fi charmant feroit plus gueux que moy.
Damon a fait fur mer une fortune immenfe,
Avec luy, vous feriez toûjours dans l'opulence,
Vous auriez de l'argent, des habits, des bijoux.
            LEONOR.
Mais avec tous ces biens un trés-fâcheux époux;
Car enfin l'accident dont on a la nouvelle
N'a pas dû l'embellir.
            LISETTE.
                  C'eft une bagatelle.
Quoy, parce que le vent d'un boulet de canon,
Nous le renvoye aveugle? Eh quoy cette raifon
Vous doit-elle empêcher de conclure?
            LEONOR.
                        Sans doute.
            LISETTE.
Refufer un mary, parce qu'il ne voit goute!
Helas! vôtre défunt ne voyoit que trop clair,
Sur les moindres foupçons, toûjours l'efprit en l'air.
            LEONOR.
Ah! ne m'en parle pas, cinq mois de mariage
M'ont avec luy paru cinquante ans d'efclevage;
Ce fouvenir fuffit pour me faire trembler,
Et Damon a le don de luy trop reffembler.
Quand j'aurois été fourde à de nouvelles flâmes,
Damon parle fi mal, penfe fi mal des femmes.
            LISETTE.
Ah qu'il en penfe mal, ou qu'il en penfe bien.

De ce que nous ferons, il ne verra plus rien.

LEONOR.

Qu'il ignore furtout que fon neveu Leandre
Eft encore à Paris, quand il le croit en Flandre.

LISETTE.

Oüy, mais que ferons-nous de Monfieur Lem-
    pefé?
De le congedier, il n'eft pas fort aifé,
Ce fade Medecin eft un amant tenace,
Et qui ne s'aperçoit jamais qu'il embaraffe;
Mais pourquoy diantre auffi luy donner de l'efpoir!

LEONOR.

Pour m'amufer, n'ayant perfonne à recevoir,
Dans les commencemens je le trouvois paffable,
Mais depuis certain temps, il m'eft infupportable.

LISETTE.

Depuis que le neveu s'eft offert à vos yeux,
Quoy qu'il en foit, je veux vous fervir de mon
    mieux.
Cependant, je devrois être bien en colere,
Puifque jufques icy vous m'avez fait myftere....

MARIN *derriere le Theatre.*

Hoé, hoé, hoé.

LISETTE.

J'entens Marin, je crois?

LEONOR.

Le valet de Damon?

LISETTE.

Oüy vrayment, c'eft fa voix,
Je la reconnois bien, il faut fans plus attendre
Prendre vôtre parti.

LEONOR.

Quel party puis-je prendre?

SCENE II.

LEONOR, LISETTE, MARIN *en Courier.*

MARIN.

Hoé, hoé, hoé, parbleu, j'ay beau crier,
Comment donc? Eſt-ce ainſi qu'on reçoit un
Courier?
Perſonne ne deſcend.

LEONOR.

Qu'as-tu fait de ton maître?

MARIN.

Ne vous allarmez point, vous l'allez voir paroître.
Et je l'ay devancé de cent pas ſeulement,
Pour voir ſi tout eſt prêt dans ſon apartement.

LISETTE *à Leonor.*

Cela va bien pour nous, commençons par avance,
A faire entrer Marin dans nôtre confidence.

LEONOR *bas à Liſette.*

Que vas tu faire?

LISETTE.

Il m'aime, & fera tout pour moy,
J'en ſuis ſûr. Marin, puis-je compter ſur toy?

MARIN.

Tu n'en ſçaurois douter, ſans me faire injuſtice.

LISETTE.

Il s'agit en payant, de nous rendre un ſervice?

MARIN.

En payant, c'eſt beaucoup me dire en peu de mots,
A cent coups de bâton dût s'expoſer mon dos,
Vous n'avez qu'à parler.

LISETTE.

Il faut tromper ton maître.

Et fur les gens qu'icy tu pourras voir paroître
Ne luy rien témoigner.
MARIN.
                    Il fuffit , je t'entens,
Madame en nôtre abfence a fait quelques amans,
Et Damon l'inquiéte un peu par fa venuë.
Ne craignez rien , depuis qu'il a perdu la vûë
Je luy fais aifément croire ce qu'il me plaît,
Et je vous ferviray, non pas par intereft ;
Mais parce que je fens pour vous un certain zele,
Qui brûle d'éclater. ... (*à Lifette.*) que me donnera-
    t'elle ?   LEONOR.
J'ay vingt loüis tout prêt, je vais te les chercher.
MARIN.
Madame .. en verité ... c'eft de quoy me toucher,
Hâtez-vous de répondre à mon ardeur extréme,
Et fongez que mon maître arrive à l'heure même.

SCENE III.

MARIN *feul.*

Vlngt loüis ! Malepefte ! Allons , mon cher
                    Marin ,
Il ne faut pas refter dans un fi beau chemin,
Mais quoy trahir Damon ! Non, cela ne peut être ;
Il ne faut pas ma foy, trahir un fi bon maître ;
Il vient de m'affurer certaine penfion ,
Qui dans la fuite aura quelque augmentation.
Et le tout , pour venir icy leur faire accroire
Qu'il eft aveugle. Allons , il y va de ma gloire,
De foutenir toûjours ce que j'ay commencé,
Des gens nous ont mandé que Monfieur Lem-
                    pefé,
Ce Medecin pimpant, ce Marchand de denrées ;

Pour rétablir le tein des beautez délabrées,
Etoit dans ce logis du matin jusqu'au soir,
Que même Leonor luy donnoit quelque espoir,
On nous mande de plus, qu'elle adore Leandre,
Et qu'il est à Paris quand on le croit en Flandre.
C'est ce que dans ce jour mon maître veut sçavoir,
Et qu'il verra bien mieux, feignant de ne rien voir,
Ce qu'il en fait pourtant, n'est pas par jalousie,
Il doit être guéri de cette frenesie,
Il veut se réjoüir, c'est-là je crois son but.
Mettre à bout Leonor & ses amans… mais chut.
La voicy de retour aussi-bien que Lisette,
Prenons de toutes mains, & dupons la coquette.

SCENE IV.

LEONOR, LISETTE, MARIN.

MARIN.

EH bien, ces vingt louis sont ils prêts ?
           LEONOR *luy donnant une bourse.*
                                    Les voicy.

MARIN.

Je les prens sans compter, & vous dis grand-
          mercy.

LISETTE.

Pour que tu sois au fait, il faut d'abord t'appren-
          dre
Qu'on n'aime plus Damon, & qu'on aime Leandre.

MARIN.

Il est donc à Paris ? Ma foy, c'est fort bien fait,
J'approuve vôtre goût, & j'en suis en effet,
Dans ma façon d'aimer tous les jours je préfere
Et la niéce a la tante, & la fille à la mere.

LEONOR.

Finis Marin, & sois seulement diligent. ...

MARIN

Contez sur mon esprit, mon zéle & vôtre argent.

LEONOR.

Préviens d'abord Damon, dis-luy que mon visage,
A perdu les attraits qu'il avoit en partage.

MARIN.

Oüy, je sçauray vous peindre en reméde d'amour ;
Mais voicy vôtre Tante.

SCENE V.

LEONOR, LA TANTE, LISETTE, MARIN.

MARIN.

Eh, Madame, bon jour.

LA TANTE.

Qu'ay-je appris cher Marin? Quel accident terrible?
Damon revient aveugle, ô Ciel ? Est-il possible ?

MARIN.

Madame, il est trop vray.

LA TANTE.

Que je le plains hélas !
Quoiqu'il n'ait pas rendu justice à mes appas,
Et qu'il ait négligé la Tante pour la Niéce,
J'avoüeray que toûjours pour luy je m'interesse.

LEONOR.

Vous le plaignez, ma Tante ; Ah! ne plaignez
   que moy,
Je me vois dans l'état le plus cruel. ...

LA TANTE.

Pourquoy?

LEONOR.

Epouser un aveugle, ah ! cette seule idée
Me fait fremir d'horreur.

LA TANTE.

      J'en suis persuadée;
Cependant aujourd'huy la disette d'Amans
Est si grande, si grande, . . . Il faut suivre le temps.

MARIN.

Ouy, l'espece est si rare.

LA TANTE.

     On est belles, bien faites,
Et l'on passe ses jours, sans ouïr de fleurettes.

LISETTE

Nous ne nous sentons point de la disette icy,
Et nous ne manquons point d'Epouseurs, Dieu
    mercy;
Car de quelque façon que l'on puisse le prendre,
Il nous en restera toûjours deux à revendre ;
Fournissez-vous chez nous.

LEONOR.

     Mon Dieu ne raillons pas,
Et songeons bien plûtôt à sortir d'embaras

LISETTE.

Attendez, il me vient une idée admirab'e,
Si nous pouvions trouver quelque personne aima-
   ble,
Qui prés de nôtre aveugle, osât passer pour vous.

LEONOR.

Plaisante invention !

LISETTE.

    Pourquoy, que sçavez-vous;
Un Aveugle à tromper n'est pas si difficile,
Et s'il se rencontroit une personne habile,
Qui pût bien imiter le son de vôtre voix.

LEONOR.

Où la trouver, dis-nous ? Et de qui faire choix ?

MARIN.

Cela se trouvera, quelque mince grisette,

Qui pour se marier. . . Par exemple, Lisette.

LISETTE

Qui moy ? Je ne veux point d'un Aveugle.

MARIN.

Comment,
Pourrois-tu là-dessus balancer un moment ?

LA TANTE.

Ne cherchez pas plus loin, j'ay trouvé vôtre affaire,
Une belle personne, & qui sçaura luy plaire,
D'agrément & d'esprit, en tout semblable à toy,
Qui déguise sa voix à merveille, & c'est moy.

LISETTE.

Fi donc, Madame, fi.

LA TANTE.

Pourquoy donc, je vous prie ?
Qui vous fait récrier de la sorte, ma mie ?

LISETTE.

Par ma foy, c'est vôtre âge ?

LA TANTE.

Eh ! n'ayez point de peur,
De ma Niéce, toûjours, j'ay passé pour la sœur,
Et de mon âge au sien, le peu de différence,
Ne vaut pas après tout. . . .

MARIN.

Bon, belle conséquence.
(*Du ton d'un marqueur de Jeu de Paume.*)
Quarante-cinq à quinze.

LA TANTE.

Enfin, quoi qu'il en soit,
Je joüeray bien mon rôle, & mieux que l'on ne croit.

MARIN.

Moy d'ailleurs, je peindray Leonor si changée,
Et de telle façon, sa beauté dérangée,
Que quand quelqu'un voudroit l'éclaircir sur ce
point,
Ce qu'on pourroit luy dire, il ne le croiroit point,

LEONOR,

Ma Tante, je crains bien.

LA TANTE.

Ne te met point en peine,
Je suis ta belle-mere, & même ta maraine,
Nous portons même nom de fille & de maris,
Je suis veuve du pere, & toy veuve du fils,
Pour ton air enfantin, je l'attrape à merveille.

LISETTE·

Songez-bien qu'un Aveugle, a souvent bonne
oreille,
Et que quand à l'abord, il donneroit dedans,
Il pourroit dans la suite.

LA TANTE.

Et c'est où je l'attens,
Quand il reconnoîtra cette aimable imposture,
Il sera trop content de m'avoir j'en suis seure.

MARIN.

Le moyen d'en douter,

LEONOR.

Avant tout cher Marin,
Je voudrois que Leandre apprit nôtre dessein,
Il loge chez Damis.

MARIN *à part.*

J'y vais, c'est icy proche,
Bon, autre argent qui va pleuvoir dans nôtre po-
che.

LEONOR.

De son oncle d'abord apprens-luy le retour,
Qu'il ne paroisse point icy de tout le jour ;
Ou du moins s'il y vient qu'il songe à se con-
traindre.

MARIN.

Je diray ce qu'il faut, vous n'avez rien à craindre,
Reposez-vous sur moy. *à part.* La fourbe a réüssi,
Allons vîte avertir Damon de tout cecy.

SCENE VI.

LEONOR, LA TANTE, LISETTE.

LISETTE.

HA, j'entens Lempesé.
LA TANTE.
L'incommode visite !
Je ne le puis souffrir, défais-t'en au plus vîte ;
Je passe cependant dans ton appartement,
Où je veux réfléchir sur mon rôle un moment.

SCENE VII.

LEONOR, LEMPESE', LISETTE.

LEONOR à *Lisette*.

QU'il vient mal-à-propos
LEMPESE'.
Bon jour, beauté brillante ;
Toûjours plus gracieuse, & toûjours plus char-
mante,
Que tout ce que mes yeux on vû de plus charmant.
LISETTE.
Ah, pour une autrefois gardez ce compliment,
Nous avons du chagrin.
LEMPESE'.
Pardon, ma belle Reine,
Si mon retardement a causé vôtre peine,

Mes gens m'ont défolé, j'ai crû n'être jamais,
En état de venir adorer vos attraits;
J'ay fi fort querellé que j'en feray malade,
Ils m'avoient égaré mes eaux & ma pommade:
Mais quoy vous foûpirez, parlez, expliquez-vous;
Sont-ce foûpirs d'amour, de crainte, ou de cour-
  roux?

LEONOR.

C'en font de defefpoir. Defefpoir qui me tuë;
Enfin c'eft de Damon l'arrivée imprévûë.

LEMPESE'.

Damon, quoy ce Rival, que mon amour vain-
  queur,
A depuis fon départ banny de vôtre cœur?

LISETTE.

Luy-même à l'époufer, il voudra la contraindre,
Ils ont un bon dédit.

LEMPESE'
     Elle n'a rien à craindre,
Je le payeray, Lifette, & dûffay-je...

LISETTE.
        Non pas,
Nous voulons fans payer la tirer d'embaras,
Et fi par un détour de chicanne fubtile.....

LEMPESE'.

Eh bien, cela n'eft pas je croy fi difficile.

LISETTE.

Pas trop, puifque Damon eft aveugle.

LEMPESE'.
        Comment?

LISETTE.

Un boulet de canon fort impertinemment,
Paffant prés de fes yeux a frôlé la prunelle,
Et le vent... détruifant... la force vifuelle....
Il eft aveugle enfin, voilà quel eft fon fort.

LEMPESE'.

Oh coup de vent heureux, qui me conduit au
  port.

LEONOR.

LEONOR.

Comment vous vous flattez que ce malheur....

LEMPESE'.

Sans doute,
Je luy fais un procès sur ce qu'il ne voit goûte,
J'ay, comme vous sçavez, mon frere l'Avocat,
Qui brille au Parlement avec assez d'éclat,
Sans perdre plus de temps, dés demain il le somme,
A nous representer dans la huitaine un homme
Muny de ses cinq sens, qui de corps & d'esprit,
Soit tel qu'il s'est fait voir en signant le dédit.

LISETTE.

C'est-là le prendre bien. Mais je l'entens luy-
même.

LEONOR.

Ah, Lisette, je suis dans un désordre extrême,
Je n'ose soûtenir....

LISETTE.

Je vais le recevoir,
Rentrez, & vous, Monsieur, adieu, jusqu'au revoir.

LEMPESE'.

Ne pouvant être vû, je puis rester Lisette.

LISETTE *le repoussant.*

Vous vous moquez de moy.

LEMPESE'.

Que rien ne t'inquiéte.

LISETTE.

Ma foy, vous sortirez.

LEMPESE'.

Non, je suis curieux,
De voir comme s'exprime un Aveugle amoureux.

LISETTE.

J'enrage.

SCENE VIII.

DAMON, LEMPESE', LISETTE.

DAMON contre-faisant l'Aveugle.

HOla, quelqu'un. Marin, tout m'abandonne;
Et dans cette maison, je ne trouve personne.

LISETTE.

Monsieur, on vient à vous.

DAMON.

C'est Leonor, je crois?

LISETTE.

Non, Monsieur, c'est Lisette.

DAMON.

Eh bien, tu me revois,
Mais je ne puis avoir un pareil avantage.

LISETTE.

Vos yeux sont toûjours beaux, helas que c'est dommage!

DAMON.

Où Leonor est-elle?

LISETTE.

En son appartement,
Et je vais l'avertir dans ce même moment....?

DAMON allant embrasser Lempesé.

Du moins auparavant, il faut que je t'embrasse,..
Qu'est-ce cy, c'est un homme. Eh quoy dans ma
disgrace,
Leonor pourroit-elle en bravant mon courroux,
Introduire céans....

LISETTE.

Eh là, Monsieur, tout doux,
Ce n'est qu'un domestique.

DAMON.

Ah! c'est une autre affaire!

LISETTE.

Madame, du premier a voulu se défaire,
C'étoit un paresseux qui n'avoit aucun soin :
Passez dans l'anti-chambre.

DAMON.

Eh non, j'en ay besoin ;
Un fauteüil. Je me sens les jambes si serrées... ?
Hé l'amy, tire-moy mes bottines fourées.

LISETTE.

Allons, dépêchez-vous.

LEMPESE', bas à Lisette.

Qui moy, le débotter ?
Non, parbleu, je m'en vais.

LISETTE, bas à Lempesé, le retenant.

Ce seroit tout gâter.
Que pourroit-il penser ?

LEMPESE', bas à Lisette.

Oüy, mais par où m'y prendre ?

LISETTTE bas à Lempesé.

Vous meritez cela, pourquoy vouloir attendre...

DAMON.

Eh bien faquin, à quoy peux tu donc t'amu   r,

LISETTE.

Il est novice encore, il le faut excuser.

DAMON.

Ah ! je vous ferai bien remuer cette idole.
Se dépêchera-t'on, à la fin....

LISETTE.

Carmagnole,
Débottez donc, Monsieur.

LEMPESE' bas à Lisette.

Je ne pourray jamais.

LISETTE luy ôtant son manteau.

Otez vôtre casaque.

DAMON, icy Lempesé débotte Damon.

Ah ! le maudit Laquais.
On voit bien que jamais il ne fut à la guerre ;
Tire à toy, fort. Plus fort. Il est je croy par terre.

LEMPESE' *se relevant.*

Je n'y puis résister Lisette absolument.

DAMON *présentant son autre jambe.*

Allons, à l'autre.

LEMPESE' *à Lisette bas.*

Encore une autre ?

LISETTE *bas à Lempesé.*

Apparemment.

Il faut bien achever. Mais son valet s'avance.
Ne craignez rien, il est de nôtre intelligence.

LEMPESE' *à part.*

Je respire !

SCENE IX.

DAMON, LEMPESE', LISETTE,
MARIN *chargé d'une grosse malle.*

MARIN.

Ah, ah, ah !

DAMON.

Qui te fait rire ainsi ?

MARIN.

C'est Monsieur . . . .
à Lisette. Apprens-moy ce qui se passe icy.

LISETTE *bas à Marin.*

Ne fait semblant de rien.

DAMON.

D'où viens-tu double traître ?
Dans l'état où je suis peut-on laisser un maître,
L'abandonner aux mains d'un butor, d'un lour-
daut.

MARIN.

Il falloit apporter vôtre malle icy haut.

DAMON.

Il falloit se hâter.

MARIN.

La charge est trop pesante.
Vôtre malle, Monsieur, peze deux cent cin-
quante,
Par ma foy, quand j'aurois la force d'un mulet....

DAMON.

Chargé là sur le dos de ce maudit valet.

LEMPESE' *à part.*

Encore.

MARIN.

Quel valet, s'il vous plaist ?

DAMON.

Carmagnole?
Un benest, qui depuis une heure me désole,
Dans mon appartement qu'il aille la porter,
Acheve cependant toy de me débotter.

MARIN *mettant rudement la malle sur*
le dos de Lempesé.

Tenez donc Carmagnole.

LEMPESE' *la laissant choir.*

Oh, le diable t'emporte,
Je ne sçaurois porter un fardeau de la sorte,
Je crois que tu me prens pour un cheval de bas,
Adieu, je reviendrai quand il n'y sera pas.

❊❊❊❊❊❊❊❊❊❊❊❊❊❊❊❊❊❊❊❊

SCENE X.

DAMON, LISETTE, MARIN.

DAMON.

Lisette, fais venir Leonor, je te prie,
De son retardement à la fin je m'ennuye.

LISETTE.

J'y vais, Monsieur.

SCENE XI.

DAMON, MARIN.

DAMON.

EH bien , que t'en semble ,
      Marin !
J'ay bien turlupiné Monsieur le Medecin.
Leonor aprés tout doit être bien coquette,
Si d'un pareil galant , elle entend la fleurette;

MARIN.

Monsieur, il ne faut pas disputer sûr les goûts,
Ne vous y trompez pas, tel passe parmi nous,
Pour un fat, un benest, un nigaud, une cruche,
Que des femmes souvent , il est la coqueluche.

DAMON.

Passe encore pour Leandre , il a quelque agrément,
Il est donc à Paris , malgré tout ?

MARIN.

                Oüy vrayment.
Je viens de luy parler , vous dis-je , à l'heure
    même.

DAMON.

Et tu ne doutes point que Leonor ne l'aime ?

MARIN.

Le moyen d'en douter.

DAMON,

          Il est instruit du tour ,
Que la Tante prétend joüer à mon amour,

MARIN.

Il en est informé par moy-même.

DAMON.

Le traiſtre,
Avant la fin du jour, je luy ferav connoiſtre...

MARIN.

Je vous croyois guéri, Monſieu, abſolument.

DAMON.

Pas tout à fait encore, à parler franchement,
Et j'ay beſoin de voir tous les tours qu'on m'ap-
prête,
Mais comment! Leonor me croit-elle ſi b...,
Et peut-elle me tendre uu ſi groſſier appas?

MARIN.

Elle vous croit Aveuglé, & vous ne l'êtes pas,
Peut-être que l'étant, vous prendriez le change.

DAMON.

Il faudroit que je fuſſe en un état étrange,
Et que j'euſſe perdu tous les ſens à la fois,
Mais quelqu'un vient icy, c'eſt la Tante je crois.
C'eſt elle-même, ſonge à ſeconder ma feinte.

MARIN.

Allez, je ſuis au fait, n'ayez aucune crainte.

SCENE XII.

DAMON, LA TANTE, MARIN.

DAMON.

Leonor ne vient point?

MARIN.

Eh, Monſieur, la voicy.

DAMON *allant vers la porte.*

Ah Madame.

MARIN *l'arrêtant.*

Attendez, ce n'eſt pas par icy.

Où Diable allez-vous donc, parler à cette porte.
      LA TANTE contre-faisant la voix
        de Leonor.

Ah Damon, quel chagrin, de vous voir de la sorte.
        DAMON.
Que sa voix est changée !
        MARIN.
              On vous le disoit bien ;
Mais auprés de ses traits, Monsieur, cela n'est rien.
        DAMON.
N'importe, elle a toûjours pour moy les mêmes
        charmes.
        LA TANTE.
Ciel ! que vôtre accident m'a fait verser de larmes!
Si vous sçaviez mon cher.
        DAMON.
             Ah, je n'en doute pas.
        LA TANTE.
Je ne sçaurois parler, & mes soûpirs..... Hélas !
Je ne sçay pas comment, je suis encore en vie.
        DAMON.
Ne vous affligez point, Leonor, je vous prie,
Vous me percez le cœur, songez que vos attraits,
Pourroient, par tant de pleurs, se perdre pour jamais.
        MARIN
Elle en a déja bien perdu, l'état funeste....
        DAMON.
Pour un Aveugle, hélas ! c'est trop que ce qui reste,
Après tout ces attraits, que tu dis si changez,
J'aurois plaisir peut-être, à les voir dérangez :
Une beauté bizarre, a souvent l'art de plaire,
Bien plus que ne feroit une plus réguliere.
        MARIN.
Vous devez donc, Monsieur, ne vous chagriner
        point,
La beauté de Madame, est bizarre à tel point....
        LA TANTE.
Enfin de ma beauté, quoique vous puissiez croire,

Sur bien d'autres, on peut me donner la victoire;
Pour mon esprit, il est augmenté des trois quarts,
On m'en fait compliment aussi de toutes parts.

DAMON.

Ah, Madame, on sçait trop que c'est une merveille.

LA TANTE.

De mille doux propos remplissant vôtre oreille,
Je vous consoleray d'avoir perdu les yeux,
Je veux être avec vous en tout temps, en tous lieux.

DAMON.

Que j'auray de plaisir, hâtez-donc cette affaire,
Et courez promptement chez le premier Notaire,
Mettez dans le Contrat tout ce qu'il vous plaira,
Laissez mon nom en blanc, qu'icy l'on remplira,
J'ay mes raisons qui sont de peu de conséquence,
Pour vous, signez toûjours, & faites diligence.

LA TANTE.

J'y vais, & dans l'instant je seray de retour.

MARIN *bas a la Tante.*

Prenez quelque Notaire éloigné du Carfour,
Et qui ne puisse icy reconnoître personne.

LA TANTE *bas à Marin.*

C'est fort bien avisé, la prévoyance est bonne,
Lorsque j'auray signé, j'envoyeray le Contrat,
Et ne paroîtray point de peur de quelque éclat,
Il pourroit survenir des amis de ton Maître,
Qui me reconnoissant gâteroient tout peut-être.

DAMON.

Vous n'êtes point partie, ah, ce retardement,
A mon cœur amoureux est un nouveau tourment,
Répondez Leonor à mon ardeur extrême.

LA TANTE.

J'y vais, j'y cours, j'y vole, & je reviens de même.

SCENE XIII.

DAMON, MARIN.

MARIN.

Maugrébleu de la folle.

DAMON.

Allons ce n'est pas tout,
Et je prétens pousser la chose jusqu'au bout,
Je veux que Lempesé....

MARIN.

Paix, j'apperçois Léandre,
Vôtre dessein estoit de venir le surprendre,
Le voilà tout surpris.

DAMON.

Il n'est pas temps encor,
Et je veux le surprendre avecque Leonor,
Je passe dans ma chambre, & je vous laisse en-
semble.

SCENE XIV.

LEANDRE, MARIN *après avoir conduit Damon jusqu'à la porte de son appartement.*

LEANDRE.

Eh bien, mon cher Marin.

MARIN.

Avancez-vous.

LEANDRE.

Je tremble,
Comment cela va-t'il ?

MARIN.

Tout va bien, Dieu mercy ,
Et comme on l'esperoit, la chose a réüffi ,
Vôtre Oncle a pris le change.

LEANDRE.

Il époufe la Tante ?

MARIN.

Elle eft chez le Notaire, à remplir nôtre attente,
Mais voicy Leonor qui peut vous affurer,..

SCENE XV.

LEONOR, LEANDRE, MARIN, LISETTE.

LEANDRE.

EH bien', Madame, enfin, on peut donc ef-
perer. ...

LEONOR.

Selon ce qu'aura fait ma Tante.

MARIN-

Des merveilles ,
Elle a de nôtre Aveugle enchanté les oreilles,
Il attend le Contrat qu'il s'apprête à figner.

LEONOR.

Je ne fçay pas comment cela pourra tourner ,
Mais quoique l'on oppofe à mon amour extrême,
Soyez feur que toûjours vous me verrez la même,

LEANDRE.

Ah! quel espoir charmant, souffrez qu'à vos
genoux.

MARIN.

Chût, ne remuez pas, l'Aveugle vient à nous.

SCENE XVI.

DAMON, LEONOR, LEANDRE, LISETTE, MARIN.

DAMON.

Charmante Leonor, vôtre voix adorable,
Frape encore mon oreille.

LISETTE.

Ah, voilà bien le Diable.

DAMON.

Vous n'êtes point partie encore, & vôtre amour....

MARIN.

Pardonnez-moy, Monsieur, c'est quelle est de retour,

DAMON.

Eh bien, qu'avez-vous fait?

MARIN.

Le Notaire est en ville.

DAMON.

Il en faut prendre un autre, est-il si difficile?

LISETTE.

Elle y va retourner,

DAMON.

Qu'elle reste un moment,
Je seray bien payé de ce retardement,
Par les douceurs qui vont sortir de cette bouche,
Redites

Redites donc cent foisque mon amour vous touche,
Redoublez Leonor, ces soûpirs amoureux,
Qui viennent de me mettre au comble de mes
    vœux.

        LEONOR *bas à Marin.*

Que luy disoit ma Tante.

        MARIN.

        Ah ! j'aurois de la peine
A m'en ressouvenir.

        LEONOR *à part.*

        Juste Ciel ! quelle gêne,
Parlons, puisqu'il le faut. Oüy, je n'aime que vous,
    (*Se tournant du côté de Léandre.*)
Je fais tout mon bonheur, de vous voir mon
    Epoux.

        DAMON.

Bas. Quelle impudence ! mais ne faisons rien con-
    noître,
Haut. Que je suis satisfait, que j'ai sujet de l'être,
De ma reconnoissance, attendez les effets.

        LEONOR.

Je n'en mérite point, de tout ce que je fais,
Croyez que je ne suy, que mon amour extrême,
    (*Se tournant toûjours du côté de Léandre.*)
Et que je vois icy, le seul objet que j'aime.

        MARIN *à Leonor.*

Que ne peut-il vous voir, de même en ces instans,
Ah ! qu'il seroit content.

        DAMON.

        Si je ne vois, j'entens.

    LEONOR *donnant la main à Léandre.*

Oüy, ma main suit mon cœur, & dans cette
    journée,
Mes vœux seront remplis, si les nœuds d'Hy-
    menée....

    DAMON *prenant la main de Léandre.*

Donnez-moy cette main, qui va me rendre heu-
    reux,

                C

Que par mille baisers, auffi doux qu'amoureux....
Quelle main eft-ce là, que faut-il que je penfe.

MARIN *s'approchant.*

C'eft la mienne Monfieur.

DAMON *donnant un foufflet à Léandre.*

Tiens, de ton infolence,
Maraut, voilà le prix.

LEONOR *bas à Léandre.*

Je fuis au defefpoir.

DAMON.

Je t'apprendray faquin....

MARIN *d'un ton pleurant comme
s'il avoit reçû le coup.*

Revenez-y pour voir.

LEANDRE *bas à Marin.*

Te moques-tu de moy?

LEONOR.

Vous êtes en colere,
Je vous quitte, & je vais retourner au Notaire.

DAMON.

Allez-donc, & hâtez ces précieux inftans,
Qu'il apporte au plûtôt le Contrat, je l'attens....

SCENE XVII.

DAMON, MARIN.

MARIN.

IL n'eft pas avec moy, befoin que l'on s'ex-
plique,
Je vous ay, comme il faut, donné vôtre réplique,
Mais, s'il vous plaît, Monfieur, quel eft vôtre
deffein.

DAMON.
De marier la vieille avec le Médecin.

MARIN.
Quoy Monsieur Lempesé, le mary de la Tante,
Le trait seroit bouffon, & la piéce plaisante,
Je vais vous le chercher, je sçay bien à peu-prés....
Mais par ma foy la bête entre dans nos filets,
Et le voicy luy-même.

SCENE XVIII.

DAMON, LEMPESE', MARIN.

LEMPESE' *bas à Marin.*

Ou Léonor est-elle?

MARIN *tristement.*
Chez le Notaire.

LEMPESE' *bas à Marin.*
O Ciel! quelle triste nouvelle,
Elle épouse Damon.

MARIN *bas à Lempese.*
C'est à son grand regret.

LEMPESE'.
Je venois l'informer de tout ce que j'ay fait,
Mon frere m'ayant dit que l'affaire étoit bonne....

DAMON.
A qui donc parles-tu?

MARIN.
Moy, Monsieur, à personne.

DAMON.
Tu me trompes, j'entens marcher quelqu'un icy.

LEMPESE'.
Je tremble.

DAMON gagnant la porte, &
taſtonnant par tout avec ſon baſton.

Je me veux éclaircir de cecy.

MARIN *bas à Lempeſé.*

Que luy dire, ma foy, j'ay perdu la parole.

LEMPESE' *bas à Marin.*

Dis ce que tu voudras. Mais plus de Carmagnole.

MARIN *à Damon.*

C'eſt Monſieur Lempeſé, trés ſçavant Médecin,
Qui vient vous apporter un reméde divin,
Que pour guérir les yeux, il ſoûtient admirable.

DAMON.

Vrayment d'un pareil ſoin je luy ſuis redevable.
Je ne ſçay pas, Monſieur, par où j'ay mérité,
Que pour moy, vous puiſſiez avoir tant de bonté,
Donnez-moy ce reméde, il faut que je l'éprouve.

MARIN *à Lempeſé.*

Allons, cherchez Monſieur.

LEMPESE' *bas à Marin.*

Que veux-tu que je trouve?

MARIN *bas à Lempeſé.*

N'avez-vous point ſur vous quelque poudre, quel-
    que eau,
Pour le faire encore mieux donner dans le panneau.

LEMPESE' *bas à Marin.*

J'ay de l'eau pour le tein, mais peſte, elle eſt
    trop forte,
La compoſition en eſt faite de ſorte,...

MARIN *bas à Lempeſé.*

Bon, bon, donnez toûjours, pour ſortir d'embaras,

LEMPESE' *bas à Marin.*

La voilà, prenez ſoin qu'il ne s'en ſerve pas.

MARIN *regardant le Flacon.*

Qu'importe. La belle eau, la vûë eſt éclaircie,
Seulement à la voir.

DAMON.

Je vous en remercie,
Si j'en ſuis ſoulagé, je vous devray beaucoup.

MARIN.

Vous feriez bien furpris de voir clair tout d'un coup.

DAMON.

Comment, je donnerois tout ce que je poſſéde,
Que je croirois trop peu payer un tel reméde.

MARIN.

Mais, Monſieur, pour guérir, il faudroit com-
mencer,
Par bannir Léonor, & n'y jamais penſer,
Car la femme, à la vûë, eſt tout-à-fait contraire,

LEMPESE'.

Hypocrate le dit,

DAMON.

Mais comment veux-tu faire ?
La rupture à préſent cauſeroit trop d'éclat,
On va dans ce moment m'apporter le Contrat,
Signé de Léonor. Elle pourroit ſe plaindre,
A payer le dédit, on ſçauroit me contraindre.

LEMPESE'.

Et pourquoy, Léonor ayant beaucoup d'appas,
Quelque amy ne peut-il vous tirer d'embaras,
Envers elle acquiter la parole donnée.

DAMON.

Monſieur, quand il s'agit des nœuds de l'hymenée,
On ne voit point d'amis être aſſez généreux,
Juſqu'à franchir pour nous un pas ſi hazardeux.

LEMPESE'e

Il s'en pourroit trouver, qui ſans beaucoup de
peine,
Se chargeroient pour vous d'une ſi douce chaine.

MARIN.

Ba!, Il gobe l'hameçon. *Haut.* On voit aſſez d'amis,
Prendre en de certains cas la place des maris,
Mais ils s'en tiennent là, ſans riſquer davantage,
Et laiſſent aux Epoux les charges du ménage.

DAMON.

Enfin, je vois qu'il faut expoſer ma ſanté,
Car perſonne jamais n'aura tant de bonté.

LEMPESÉ.
Pardonnez-moy, Monsieur, j'ay trouvé vôtre
     affaire,
Un homme à qui déja, Léonor a sçû plaire,
Et qui d'ailleurs, je crois, ne luy déplairoit pas.

DAMON.
Qui seroit ce ? L'espoir de sortir d'embaras,
Flate déja mon cœur, & ma joye est extrême. …
N'hésitez point, Monsieur, à le nommer.

LEMPESÉ.
                              Moy-même.
Qui de vous obliger, eût toûjours grand desir.

DAMON.
Quoy ! vous pourriez, Monsieur, me faire ce
     plaisir,
Epouser Léonor, ah, quelle complaisance,
Qnels seront les effets de ma reconnoissanc ?

MARIN à *Damon.*
Voilà ce qui s'appelle un véritable amy,
Monsieur ne vous veut pas obliger à demy.

DAMON.
Puisque vous voulez bien me faire cette grace,
Vous n'avez qu'à signer le Contrat en ma place,
On va me l'apporter dans ce même moment.

LEMPESÉ.
Léonor en sera ravie asseurément.

DAMON.
Pour plus de seureté faisons croire au Notaire,
Que vous êtes celuy pour qui se fait l'affaire,
Le Contrat est déja signé de Léonor,
Et comme on n'a pas mis mes qualitez encor,
Avecque vôtre nom, on y mettra les vôtres.

MARIN.
Il faut bien s'obliger ainsi les uns les autres,
Mais le Notaire vient.

DAMON à *Lempesé.*
                    Cachons luy tout cecy,
à *Marin.* } Toy, prens garde qu'aucun ne nous
     surprenne icy.

*(Marin apporte une table & deux siéges avant de
s'en aller.)*

SCENE XIX.

DAMON, LEMPESE', LE NOTAIRE.

LE NOTAIRE,

A Tous presens, Salut. Jamais dans mon Etude,
Avec tant de justesse, & tant de promptitude,
Depuis vingt-trois ans, il ne s'est fait Contrat.

DAMON.

Enfin, quoi qu'il en soit, tout est-il en état.

LE NOTAIRE

Oüy, Monsieur, il ne faut seulement que m'ap-
   prendre,
Le nom, les qualitez, que le futur veut prendre,
Mais, Messieurs à vous voir les yeux que je vous
   voy,
Qui des deux, s'il vous plaît, est aveugle?

LEMPESE'.

                                        C'est moy.

LE NOTAIRE.

O Ciel! qui l'auroit crû, c'est vrayment grand
   dommage.

LEMPESE'.

Il est vray, mais signons sans tarder davantage.

LE NOTAIRE.

Il faut lire du moins le Contrat

LEMPESE'.

                                   Nullement.
Léonord l'a signé, je signe aveuglément.

LE NOTAIRE.

La future est pressante, & vous encor plus qu'elle

Signez donc, c'est, je crois, Damon qu'on vous
appelle ?

LEMPESE'.

De me donner ce nom, je m'étois avisé,
(*Lempesé signe le Contrat, & le Notaire luy conduit
la main le croyant aveugle.*)
Mais je signe toûjours Damien Lempesé.

LE NOTAIRE écrit.

Vos qualitez ?

LEMPESE'.

Hélas ! après mon infortune,
Je ne crois pas, Monsieur, en devoir prendre
aucune,
Bon Bourgeois de Paris, & cela suffira.

DAMON.

Adieu, Monsieur, tantôt on vous satisfera.
On aura même égard à vôtre diligence.

LE NOTAIRE.

Je ne demande rien, je suis payé d'avance,
Madame Léonor a sçû prendre ce soin.

SCENE XX.

DAMON, LEMPESE'.

LEMPESE'.

DE beaucoup de finesse, on n'a pas eu besoin,
Mais, Monsieur, pardonnez à mon impa-
tience,
Je cours à Léonor apprendre en diligence,
Que le sort a remply le plus doux de ses vœux.

DAMON.

Allez, mon cher, allez, & tenez-vous joyeux.

SCENE XXI.

DAMON *seul.*

MA foy, je m'applaudis, & le tour est trop
drôle,
Avec nôtre bonét, j'ay bien joüé mon rôle,
Il est temps de finir, je suis assez instruit,
Et j'en ay vû bien plus qu'on ne m'en avoit dit.

SCENE XXII.

DAMON, MARIN.

MARIN.

MOnsieur songez à vous, Léonor & Léandre,
Vont revenir icy, je leur ay fait entendre,
Que vous dormiez,
DAMON.
Fort bien, il faut, mon cher Marin,
Que quelque tour plaisant à cecy mette fin.
MARIN.
Pour vous mieux seconder, si vous vouliez me dire.
DAMON.
Tu viendras dans ma chambre, où je sçauray
t'instruire,
Il ne faut que deux mots pour que tu soit au fait.

SCENE XXIII.

MARIN *seul.*

IL va leur préparer encor un nouveau trait,
D'avance je l'aprouve, & mon ame ravie.
Mais voicy tous nos gens, joüons la Comédie.

SCENE XXIV.

LEANDRE, LEONOR, LISETTE, MARIN.

LISETTE.

EH bien, dort-il encor?
MARIN.
           A faire tout trembler,
La maison tomberoit, je crois, sans le troubler.
LEONOR.
Va t'en prés de son lit, & pour peu qu'il remuë,
Reviens nous avertir, car je serois perduë,
S'il entendoit la voix de Léandre.
MARIN.
                Fort bien.
Discourez à vôtre aise, & n'apréhendez rien.

SCENE XXV.

LEANDRE, LEONOR, LISETTE.

LEANDRE.

JE ne reviens icy qu'en tremblant, je l'avouë,
Quand mon oncle sçaura la piéce qu'on luy
     joüé,
S'il me croit avoir part à cette invention,
C'est peu d'être frustré de sa succession,
Son courroux....

LEONOR.

Tout est fait, & ma Tante est sa femme,
Qui comme elle voudra, sçaura tourner son ame,

LISETTE.

Dans les commencemens, il criera, pestera,
Fera le Diable à quatre, & puis s'apaisera,
Ses soupçons ne pourront tomber que sur la Tante,
Qui malgré ses froideurs, luy fut toûjours cons-
     tante,
Et qui, pour se vanger de son nouvel amour,
Sans nous en informer, aura joué ce tour,
Laissez leur entr'eux deux démêler la fusée,
Je vous la garantis femelle aussi rusée....

SCENE XXVI.

LEANDRE, LEONOR, LISETTE, MARIN.

MARIN.

O Difgrace terrible, inopiné malheur.

LEANDRE.

Que feroit-ce, Marin?

LEONOR.

Je tremble de frayeur.

MARIN

Demon voit clair d'un œil.

LEANDRE.

Ah jufte Ciel! qu'entens je?

LEONOR.

Je fuis au defefpoir.

LISETTE *pleurant.*

Quel accident étrange

MARIN.

Il vient de s'éveiller avec un air joyeux,
Ah, Marin, m'a t'il dit, Ah! que je fuis heureux,
Je vois clair de cet œil, voilà mon lit, ma table;
Te voilà, je te vois. Ah, remede admirable!
Eau divine, va cours au plûtôt, cher Marin.
Va chercher Lempefé, ce fameux Médecin,
Qui m'a fait recouvrer la moitié de la vûë,
La moitié de mon bien à ce fervice eft dûë.

LISETTE.

Mais cette eau, difois-tu, n'étoit que pour le teint,
Et Lempefé furpris s'étoit trouvé contraint....
Pefte du Médecin, & de fon eau divine.

MARIN.

MARIN.

Ce n'est que par hazard qu'agit la Médecine,
Parmy ses qui-pro-quo, souvent si dangereux,
Il s'en peut rencontrer entre mille un heureux.

LISETTE.

Et de quel œil voit-il ?

MARIN.

De l'œil droit.

LEONOR.

Ah ! Lisette.
De quoy t'informes-tu, quand mon ame inquiéte,
Eprouve en ce moment le sort le plus fatal,
Quand je dois craindre tout, d'un jaloux, d'un
brutal....

LISETTE.

Ah ma foy le voicy.

LEANDRE.

Je ne veux point l'attendre,
Je gagne l'escalier.

LEONOR.

Que faites-vous Léandre,
A présent qu'il voit clair, il va vous rencontrer.

MARIN.

Dans son grand Cabinet, vous ferez mieux d'entrer.

LEANDRE *entre dans le Cabinet.*

Juste Ciel ! quel revers.

❦❦❦❦❦❦❦❦❦❦❦

SCENE XXVII.

**DAMON, LEONOR, LISETTE,
MARIN, LEANDRE** *caché.*

DAMON.

AH ! quel bonheur extrême,

D.

Quoy, je puis donc enfin revoir tout ce que j'aime,
Prenez part Léonor au plaisir que je sens,
O Ciel ! quel tein ! quels yeux ! quels appas ravis-
sans !
Comment donc malheureux, tu la disois affreuse.

MARIN.

C'est vôtre guérison, qui la rend si joyeuse,
Qu'elle a dans un moment repris tous ses attraits.

DAMON.

Oüy, je vous trouve encor plus belle que jamais,
Vous ne me dites rien, que faut-il que je croye?

MARIN.

Ce silence est encor un effet de sa joye.

DAMON.

Je veux bien m'en flatter,qu'il est doux mes enfans,
De revoir la lumiére après un si long-temps ;
Je croyois n'avoir plus ce bonheur de ma vie,
Ah quel plaisir charmant, déja, je meurs d'envie,
De revoir tous ces lieux, & surtout mes tableaux,
Ce vont être pour moy des spectacles nouveaux.

LEONOR *bas à Lisette.*

Dans son grand Cabinet, il va d'abord se rendre,
Que ferons-nous Lisette, il y va voir Léandre.

LISETTE *en empêchant Damon d'entrer dans le Cabinet.*

Bas à Léonor. Il faut parer le coup, mais croyez-
vous, Monsieur,
Ne voir clair que d'un œil ?

DAMON.

Pourquoy ?

LISETTE.

Si par bonheur,
Vous voyïez de tous deux.

DAMON.

Non, cela ne peut-être

LISETTE.

Dans ce moment, Monsieur, nous le pourrons connoître,

Souffrez qu'avec ma main. . . .
DAMON.
Oüyda, je le veux bien.
LISETTE *luy couvrant l'œil*
droit avec sa main.

Parlez, que voyez-vous ?
DAMON.
Parbleu, je ne vois rien.
LISETTE.
Rien du tout ?

DAMON.
Non vrayment.
LEONOR *faisant sortir Léandre*
du Cabinet.
Sortez sans plus attendre.
LISETTE.
Vous ne voyez donc rien ?
DAMON *montrant Léandre qui*
sort du Cabinet
Si fait, je vois Léandre,
Qui sort dans ce moment de mon grand Cabinet.
LISETTE.
Pour le coup, nous voilà tous pris au trébuchet.
MARIN.
Parbleu, c'est à ce coup qu'il faut crier miracle,
Et cet objet pour vous est un nouveau spectacle.
DAMON.
D'où vous vient donc à tous ce grand étonnement ?
Est-ce de voir la fin de mon aveuglement ?

SCENE XXVIII.

DAMON, LEANDRE, LISETTE, MARIN, LEMPESE'.

DAMON.

Mais j'aperçois, je crois, mon Médecin. De grace,
'Approchez-vous, Monsieur, venez, qu'on vous embrasse,
Vôtre divin reméde....

LEMPESE'.
Eh bien.

DAMON.
A réüssi,
Je vois clair des deux yeux.

LEMPESE' *à part.*
Que veut dire cecy ?
'A cette guérison, je ne puis rien connoître.

MARIN.
Vous êtes plus sçavant que vous ne croyez l'être,
Vôtre fortune est faite, il faut faire afficher,
De tous les lieux du monde, on viendra vous cher-
cher.

LEMPESE' *à Marin.*
Je suis tout stupéfait, & plus heureux que sage,
Qui l'auroit crû, qu'une eau pour peller le visage,
Guérit le mal des yeux, je voy que désormais,
On peut tout hazarder après un tel succès.

MARIN.
'Ah parbleu, voicy l'autre.

SCENE XXIX.

DAMON, LEONOR, LEANDRE, LEMPESE', LA TANTE, LISETTE, MARIN.

DAMON.

AH, ah, c'est nôtre Tante,
Et quoy, la bonne femme est encore vivante.
LA TANTE.
Que veut dire cela, Monsieur, vous voyez clair?
DAMON.
Un peu trop clair pour vous, je le vois à vôtre air,
LA TANTE.
Si vous voyez si clair, regardez vôtre femme,
J'ay signé le Contrat pour ma niéce.
DAMON.
Ah, Madame.
LA TANTE.
Cela vous fâche un peu?
DAMON.
Moy, Madame, pourquoy?
C'est Monsieur Lempesé qui l'a signé pour moy.
Regardez vôtre Epoux.
LA TANTE.
Vous vous moquez, je pense,
DAMON.
Je ne me moque point, je parle en conscience.
LEMPESE'.
Que veut dire cela?
MARIN.
Que pour l'avoir guéry,

(*Montrant la Tante.*)
De ce jeune tendron, il vous a fait mary.
DAMON.
Pouvois-je mieux payer un si rare service ?
LEMPESE'.
Une vieille !
LA TANTE.
Un benêt !
LEMPESE'.
Une folle !
LA TANTE.
Un jocrisse !
MARIN.
Fort bien continuez, c'est à des noms si doux,
Qu'on reconnoît déja que vous êtes Epoux.
LA TANTE
Pour me vanger de vous, oüy, je seray sa femme,
Et je vous feray voir. ...
LEMPESE'.
Non, s'il vous plait, Madame.
LA TANTE.
Tout comme il vous plaira, Monsieur, arrangez-
vous,
Il faut qu'il me revienne à bon compte un Epoux.
LEMPESE'.
Ah parbleu, vous pouvez vous assurer d'un autre,
A mon âge épouser une femme du vôtre,
Vous avez cinquante ans, & des mieux mesurez,
MARIN
Eh qu'importe, Monsieur, vous la rajeunirez,
Donnez-luy de cette eau qui pelle le visage.
LEMPESE'.
Ah, c'est donc toy, Mataut, avec ton beau lan-
gage,
Qui m'a fait tout du long donner dans le pan-
neau,
Je ne sçay qui me tient.

DAMON.

Tout beau, Monſieur, tout beau,
Ne vous emportez point.

LISETTE.

Qu'as-tu fait double traître?

MARIN.

Je vous ay trompé tous, & j'ay ſervy mon Maître,
En bonne foy pouvois-je en agir autrement,
Mais avant de crier, attens le dénoûment.

DAMON.

Oh ça', mon cher neveu, de vous qu'allons-nous
faire?

LEANDRE.

Tout ce qu'il vous plaira, ſuivez vôtre colere,
Je l'ay bien meritée ayant pû m'oublier.

DAMON.

Eh bien donc, ma vengeance, eſt de vous marier,
Epouſez Léonor, ce ſera vôtre peine.

LEANDRE.

Je fais tout mon bonheur d'une ſi belle chaîne.

DAMON.

Quant à moy je renonce à tout engagement,
J'aimois, & c'étoit-là mon ſeul aveuglement,
J'ay recouvré la vûë, & je veux bien vous dire,
Que j'ay vû tous vos tours, & n'en ay fait que rire
Avoüez qu'il falloit être bien patient?

MARIN.

Voilà le veritable Aveugle clair-voyant.

FIN.

Vû l'Approbation, permis d'imprimer, ce 14
de Septembre 1716.

M. R. D. V. D'ARGENSON.

www.ingramcontent.com/pod-product-compliance
Ingram Content Group UK Ltd.
Pitfield, Milton Keynes, MK11 3LW, UK
UKHW021134140726
13695UKWH00004B/1875